『詩集』

蜉《ふ》蝣《ゆう》の詩《うた》屑《くず》

流布 武
Takeshi Rufu

文芸社

目次

人間とは

花とは何だ
人間を癒《い》やすための　ただの観賞物か？
木とは何だ
人間が暮らすための　便利な産業資材か？
動物とは何だ
人間の暇潰《ひまつぶ》しのための　単なる玩具《おもちゃ》か？
人間とは何だ
欲望にまみれた　この世界の支配者か？

人間とは　一体何なのか？

真人間

約束は守り
人に迷惑を掛けず
感謝の心を忘れずに
いつでも笑顔を絶やさない

生命《いのち》を慈《いつく》しみ　生きものを愛す
道徳に則《のっと》って　人道的に生き
悪を裁き　正義を貫く

涙に暮れるものには　優しい言葉を掛け
空腹のものには　パンを分け与える
弱きものには　手を差し伸べ

悪しきものには　怯《ひる》まず立ち向かう
それこそが　真の人間と言うのならば
どこもかしこも　偽物《にせもの》だらけ
まさにこの世は　模造の世界

時は時として

時は時として
とても残酷で
時は時として
優しく　癒《い》やしてくれるもの
この喜びや　その悲しみも
みんな　同じ時の中で感じている
時は時として
とても儚《はかな》く

時は時として
慈愛《じあい》を　育んでくれるもの

休むことなく　刻まれる秒針
それはまるで　僕たちの鼓動

時は時として
誰にでも平等で

時は時として
尊く　そして憂《うれ》いに満ちたもの

生命《いのち》の期限

もしも　この生命《いのち》に
期限が　あるとするならば
今日という日を
僕は　どう生きるのだろう

もしも　明日という
概念が　なかったとしたならば
今という過去を
僕は　どう振り返るのだろう

殺情罪《さつじょうざい》

僕は息を殺して
時が過ぎ去るのを待った
なおも息を殺し続け
自分をも殺した

それでもなお　息を殺し
終《つい》には体に息づく　全ての感情をも
容易《たやす》く僕は　殺してしまった

その日から　僕は表情を失い
そして　涙さえも失った
いつからか　僕の声は空気と化し

そして　僕の心は廃墟《はいきょ》と化した

ある男が　僕に告げた
君の罪名は「殺情罪《さつじょうざい》」だと……
それから　僕は罪を背負った
終わりのない　その罪を……

生きてしまう

生きてしまう
それでも僕は　生きてしまう

誰一人
喜ばせることも　出来やしないけれど
それでも僕は　生きてしまう

誰かのため
生命《いのち》を　削ったこともないけれど
それでも僕は　生きてしまう

知らぬ間に
きっと誰かを　傷つけている
それでも僕は　生きてしまう
それでも僕は　生きてしまう

廃工場

廃工場に　静かに転がる
錆《さ》び付き合った　ボルトとナット
決して離れぬ　ふたつの体
引き裂けられぬ　ふたつの心

二度と動かぬ　機械を見上げ
　うだる暑さに　文句も言わず
　　凍える寒さも　耐え凌《しの》ぎ
　　　どれほど月日を　数えただろう

時の流れは　儚《はかな》くて
　人の記憶は　浅はかで

忘れ去られし　昔の風景
宵《よい》待ち人は　二度と来ず

廃工場に　静かに転がる
錆《さ》び付き合った　ボルトとナット
工員たちの　息吹《いぶき》と生き様
油と一緒に　染《し》み着いている

悲しきロボット

ぜんまいが　切れてしまうと
人間の力を　借りなければ
動くことの出来ない
僕は　ぜんまい仕掛けのロボット

僕は　人間によって産み出された
もし　壊れてしまったとしたら
人間にしか　直すことの出来ない
僕は　ぜんまい仕掛けのロボット

僕は　人間が嫌いだ
人間は　自分勝手

そんな　人間のわがままから
僕は　生まれた

人間たちは　この僕に
大きな希望と夢を　詰め込んだ
そして　そんな人間たちは
この僕を　自分たちの才能の象徴とした

僕は　人間の欲望を満たすため
毎日毎日　ぜんまいを回され
毎日毎日　ぞんざいに扱われ
毎日毎日　身を粉にして働いた

いつしか　この体は軋《きし》み　錆《さび》れ
塗装も剥《は》がれ　ぜんまいすら回らず
ウンともスンとも　言わなくなった

終《つい》に僕は　壊れてしまったのだ

人間はそんな僕を　容易《たやす》く暗闇へと葬《ほうむ》った
やっと人間たちから　僕は解放されたのだ
僕はやっと　自由を手に入れたのだ
けどね時々　僕はこう想うんだ

人間に　ぜんまいを回されていた頃を
ぞんざいに扱われても　愛されていたこと
沢山の人間たちと　触れ合えていたこと
そして沢山の笑顔が　溢《あふ》れていたことを

もしかしたら
あの頃が　一番幸せだったのかな
もしかしたら
あの頃の僕が　一番輝いていたのかな

でももう　あの頃には戻れない
もう　このぜんまいに手を掛ける
人間なんて　ここにはいない

ただの　ガラクタと化《か》した
僕は　ぜんまい仕掛けのロボット
もう　動くことのない
僕は　ぜんまい仕掛けのロボット

悲しきピエロ

僕はピエロ　悲しきピエロ
戯《おど》けているけど　ホントはね
心の奥には　孤独がいっぱい

僕はピエロ　悲しきピエロ
他人《ひと》の笑顔は　見るけれど
メイクの下では　涙がいっぱい

僕はピエロ　悲しきピエロ
ピエロは　ホントの僕じゃない
ホントの僕は　ここにはいない

僕はピエロ　悲しきピエロ
今日も　ピエロを演じてる
心の　悲しみ隠してね

僕をあげる〜手〜

僕をあげる
君にあげる

この手をあげる
悲しみの涙を
優しく拭《ぬぐ》ってあげられるのなら

腕をあげる
寂しさに震える体を
そっと抱き締めてあげられるのなら

足をあげる
闇夜に彷徨《さまよ》う人を
月光の下まで導いてあげられるのならば

僕をあげる
君にあげる

僕をあげる〜目〜

僕をあげる
君にあげる

この目をあげる
今だけを
見つめてくれるのなら

耳をあげる
この声を
受け止めてくれるのなら

口をあげる
傷付いた人を
慰《なぐさ》めてくれるのならば

僕をあげる
君にあげる

僕をあげる〜心〜

僕をあげる
君にあげる

この心をあげる
空っぽになった廃墟《はいきょ》に
沢山の幸せを詰め込んでくれるのなら

脳をあげる
鉛筆で塗り潰されたキャンパスに
色とりどりの記憶を描いてくれるのなら

生命《いのち》をあげる
単調に刻まれたこの鼓動を
希望に満ちた音色に変えてくれるのならば

僕をあげる
君にあげる

連鎖

君が笑うと　僕はうれしい
君が泣くと　僕も悲しい
君と僕とは　一心同体
君と僕とは　連鎖している

君の愛するものを　僕が守る
君が憎むものは　僕が壊す
愛と憎しみは　紙一重
二人の心は　一期一会《いちごいちえ》の紙芝居

君が　生きてくれたから
僕も今まで　生きてこられた

君と僕とは　表裏一体
君と僕とは　蜉蝣《ふゆう》の一期《いちご》

体温と鼓動

伝わるよ
君の体温
しっかりと
僕の腕には
伝わるよ

聴こえるよ
君の鼓動が
はっきりと
僕の耳には
聴こえるよ

体温と
鼓動があれば
いいんだよ
ただそれだけで
生きている証

傷跡《きずあと》

この傷は　僕が生きてきた
揺るぎない　確かな証

何も　恥じることはない
むしろ　誇らしく
胸を張って　見せつけてやる

この傷は　茨《いばら》を歩んできた
何より物語る　真実の証

文句があるなら　どうぞ言ってくれ
そんな　些細《ささい》な中傷を

気にして　生きてなんかいられない
傷跡《きずあと》がないよりも　あったほうが
よっぽど　実感が湧《わ》いてくる
生きているんだなぁ……って

パズル

もしも　心が折れてしまったのなら
もっとバラバラに　もっと粉々に
一層のこと　原形を留《とど》めぬくらい
潔《いさぎよ》く　折ってしまえばいい
そうすれば　もうこれ以上
折れることなど　ないのだから

粉々になった　心の破片《かけら》を
ひとつひとつ　拾い集め
未来の自分を　想像しながら
まるで　パズルをするかのように
ゆっくりと　そして確実に

組み立てていけばいい
何度　立ち止まってもいい
何度　やり直してもいい
決して焦《あせ》らず　決して腐《くさ》らず
君にはまだ　時間はある

ポケット

ポケットの奥の　その奥に
小さな夢を　ねじ込んで
心の奥の　その奥に
孤独をこっそり　仕舞ったよ

記憶の奥の　その奥に
悲しい過去を　追いやって
瞳の奥の　その奥に
涙を必死に　隠したよ

ポケットの奥の　その奥に
小さな夢が　まだあって

心の奥の　その奥で
まだ諦めないって　誓ったよ

それでいい

泣きたいときは　泣けばいい
涙はいつか　涸《か》れるもの

堕《お》ちるときには　堕ちればいい
底まで堕《お》ちたら　這《は》い上がれ

叫びたいときは　叫べばいい
魂《たましい》　揺さぶり　立ち上がれ

死にたいときは　死ねばいい
後悔も　未練も捨てちまえ
生きたいときには　もう遅い

愛されたい

愛されたい　ただそれだけなのに
僕の心は　人を毛嫌いしていく

愛されたい　ただそれだけなのに
その優しささえ　僕は疑ってしまう

愛されたい　愛されたい
それだけなのに　ただそれだけなのに

愛されたい　それが故《ゆえ》に
愛とは何かを　見失っていく

愛されたい　それが故《ゆえ》に
愛することを　拒《こば》み続けた
愛されたい　そして愛したい
ただ　それだけなのに……

サヨナラしよう

寂しいけれど　サヨナラしよう
嫌いになった　わけじゃない
大好きだけど　サヨナラしよう

寂しいけれど　悲しくない
皆いつかは　誰にでも
サヨナラするとき　来るからね

サヨナラ告げた　その後は
決して　振り向いたりしない
不意に　涙が溢《あふ》れそう

背中を向けたら　口一文字
容易《たやす》く　口を開けたなら
泣き侘《わ》び　心壊れそう

歩き出したら　ひたすらに
前だけ見つめ　立ち止まらず
サヨナラとは　そういうもの

今生《こんじょう》で　また逢えたのならば
お話ししよう　逢えなかったら
また来世　それは神が決めること

寂しいけれど　サヨナラしよう
嫌いになった　わけじゃない
大好きだけど　サヨナラしよう

蝉時雨《せみしぐれ》

蝉時雨《せみしぐれ》の中に　僕はいる
夏の終わりの　蝉時雨《せみしぐれ》
僕を執拗《しつよう》に　追い立てる
「早く生きろ」と　追い立てる

遠い遠い　夏の日に
汗かきべそかき　歩いた畦道《あぜみち》
親待つ　家が恋しくて
「早く帰れ」と　田んぼの蛙《かえる》

夏の終わりは　寂しくて
夕立さえも　愛しくて

蜩《ひぐらし》　優しく問い掛ける
「大人になれたか」と　問い掛ける

蝉時雨《せみしぐれ》の中に　僕はいる
夏の終わりの　蝉時雨《せみしぐれ》
僕をしきりに　責め立てる
「ちゃんと生きろ」と　責め立てる

影絵

僕は　君に嫌われているから
影絵となって　君の目の前に現れよう
もし君が　涙に暮れるその夜は
磨《す》り硝子《がらす》越しに　月を見つめてごらん
月を照明に　君の好きな鳥や蝶を
僕が影絵で　演じよう

もし君が　悲しみの淵にいるのならば
目蓋《まぶた》を　スクリーンにしてみてごらん

どんな茶番でも　僕が演じてあげる
少しでも君に　笑顔が戻るのならば
僕が　僕だと気付かれぬよう
影絵となって　君の目の前に現れよう

風

君は一体　どこから来たのだろう
どこで生まれ　どこを旅し
ここに辿り着いたのだろう

時に優しく　時に荒々しい
僕には　君の素顔は分からない
そして　君の気持ちも分からない

けれど君は　いつでも僕のそばにいる
君は今　そっと僕に囁《ささや》き
優しく　頬《ほお》を撫《な》でている

これから君は　どこに行くのだろう
それは　誰にも分からない
いつかここで　また会おう

鳥になりたい

もし僕に
翼があったのならば
この大空から
あなたの姿を　探すでしょう

もし　大地に降り立てる
足があったのならば
あなたの部屋が望める　その場所で
そっと　静かに見守るでしょう

朝は　あなたの目覚めとともに囀《さえず》り
夜は　あなたの部屋の窓から見える

木の中腹を寝床にして
あなたと一緒に眠ります

僕は　鳥になりたい
今すぐにでも　鳥になりたいのです

道標《みちしるべ》

君に　逢うまでに
幾つかの　出逢いがありました
幾つもの　別れもありました
そして今　君へと辿り着きました

君に　逢うまでに
幾つかの　傷を負ってきました
幾人も　傷付けても参りました
そして今　その傷たちが心に染《し》みています

君に　逢うまでに
幾つかの　喜びがありました

幾つかの　悲しみもありました
そしていつか　その過去たちも
美しい想い出となるでしょう

君に　逢うまでに
幾つもの　後悔をしてきました
幾つもの　挫折も味わって参りました
それは決して　無駄ではありませんでした

君に　逢うまでに
幾度となく　遠回りをしてきました
幾度も　諦めようと足を止《と》めました
けれど今　君へと辿り着けました

その全てが　道標《みちしるべ》となり
こうして今　君に巡り逢えました

僕の体

僕の体には
真っ赤な血が流れている
それを運ぶための管が
無数に　この体に張り巡らされている

僕の体は
無数の感覚細胞で埋め尽くされ
その細胞たちが感じた痛みは
感覚神経を駆け巡り
やがてこの脳へと辿り着く

僕の体は
ナイフで切れば　血が流れ
痛みを感じ　悶《もだ》え苦しむのだ

君の体も
真っ赤な血が流れ
無数の細胞で埋め尽くされているのだ

君の体も
ナイフで切れば　血が流れ
痛みを感じ　悶《もだ》え苦しむだろう

君は僕と同じ
そして僕も　君と同じ
同じ生命《いのち》を生きているのだ

僕らは生きる

僕らは生きる
時に　喜びに満ち溢《あふ》れ
時に　悲しみに打ちのめされ
そうして　僕らは生きている

僕らは生きる
時に　五感を震わせ
時に　感情を噛み殺し
そうやって　僕らは生きている

僕らは生きる
時に　静寂に身を置き

時に　時代の流れに身を任せ
こうして　僕らは生きている

僕らは生きる
時に　慈愛《じあい》を育み
時に　憎悪《ぞうお》を抱き
葛藤《かっとう》しながら　僕らは生きている

いのちと鉛筆

書いては　消して
書いては　また消す

何度書いても　言葉に出来ない
震える指で僕　また鉛筆削る
気がつきゃ　時は無情に流れてる
未《いま》だ僕の　言葉は完成しない
短くなった鉛筆は　風前の灯火《ともしび》

書いては　消して
書いては　また消す

書いては　消して
また消した

著者プロフィール

流布 武（るふ たけし）
埼玉県出身・在住。

詩集　蜉蝣《ふゆう》の詩屑《うたくず》

2019年12月15日　初版第1刷発行

著　者　流布 武
発行者　瓜谷 綱延
発行所　株式会社文芸社
〒160-0022　東京都新宿区新宿1－10－1
電話　03-5369-3060（代表）
03-5369-2299（販売）

印刷所　株式会社フクイン

ISBN978-4-286-21135-0